Po... César

?

Un cadeau extraordinaire

Que brille à jamais le Taj Mahal,
larme solitaire posée
sur la joue du temps.

Rabindranath Tagore,
prix nobel de littérature, Bengali

Pour Nikita, Kumar et Susan

Titre original : *A Crazy Day with Cobras*
© Texte, 2011, Mary Pope Osborne.
Publié avec l'autorisation de Random House Children's Books,
un département de Random House, Inc., New York, New York, USA.
Tous droits réservés.
Reproduction même partielle interdite.
© 2012, Bayard Éditions pour la traduction française
et les illustrations.

Coordination éditoriale : Céline Potard.
Réalisation de la maquette : Karine Benoit.
Illustration de couverture et illustrations intérieures : Philippe Masson.
Colorisation de la couverture, illustrations de l'arbre, de la cabane
et de l'échelle : Paul Siraudeau.

Loi n° 49-956 du 16 juillet 1949
sur les publications destinées à la jeunesse.
Dépôt légal : mai 2012 – ISBN 13 : 978-2-7470-3719-8
Imprimé en Allemagne par CPI – Clausen & Bosse

La Cabane Magique

Un cadeau extraordinaire

Mary Pope Osborne

Traduit et adapté de l'américain
par Marie-Hélène Delval

Illustré par Philippe Masson

bayard jeunesse

Léa

Prénom : Léa

Âge : neuf ans

Domicile : près du bois de Belleville

Caractère : espiègle et curieuse

Signes particuliers : ne manque jamais une occasion d'entraîner son frère Tom dans des aventures mouvementées, sans se soucier du danger.

Tom

Prénom : Tom

Âge : onze ans

Domicile : près du bois de Belleville

Caractère : studieux et sérieux

Signes particuliers : aime beaucoup les livres, qui l'aident à se sortir de situations périlleuses.

Les trente-neuf premiers voyages de Tom et Léa

Tom et Léa ont découvert dans le bois de Belleville, perchée en haut d'un chêne, une cabane pleine de livres. C'est une

cabane magique !

Elle appartient à la fée Morgane, une magicienne et une célèbre bibliothécaire qui voyage à travers le temps et l'espace pour rassembler des livres.

Nos deux jeunes héros ont déjà vécu des **aventures extraordinaires** ! Il leur suffit d'ouvrir un livre, de poser le doigt sur une image en souhaitant se trouver à l'endroit représenté, et ils y sont aussitôt transportés !

Dans le dernier tome,
souviens-toi :

Une fois guéri, Merlin a envoyé Tom et Léa à la recherche d'artistes de talent, afin de les convaincre de faire aimer leur art au monde entier. À Londres, au XIXe siècle, déguisés en ramoneurs, les enfants ont rencontré Charles Dickens. Ils l'ont persuadé de continuer d'écrire des romans et de faire ainsi le bonheur de millions de gens.

Nouvelle mission

Tom et Léa
partent
en Inde

pour trouver
l'émeraude
du Grand Moghol !

Sauront-ils éviter tous les dangers ?

Lis vite

ce nouveau « Cabane Magique » et aide
nos deux héros à mener à bien la mission
que Teddy et Kathleen leur ont confiée !

Prêt à suivre Tom et Léa
dans leurs dangereuses aventures ?

Bon
voyage !

1

Une terrible erreur

– Il fait de plus en plus doux depuis quelques jours, constate Tom.

Il rentre de l'école avec sa sœur, sous un ciel sans nuages. Les feuilles d'un vert tendre bruissent dans l'air léger.

Léa respire à pleins poumons :

– Hmmm ! Comme j'aime le printemps ! J'ai sans arrêt l'impression que de belles choses vont arriver.

– Il m'en est déjà arrivé une, aujourd'hui, confie le garçon. Pour ma dernière rédaction, celle où j'ai raconté nos aventures avec la cabane magique, j'ai eu une très bonne note. La maîtresse a dit que j'avais une imagination débordante ! Elle a beaucoup aimé aussi les dessins que tu avais ajoutés.

– Super ! se réjouit sa sœur. J'ai bien fait d'utiliser des feutres à paillettes. C'est joli quand ça brille !

Tandis qu'ils longent le bois de Belleville, un coup de vent secoue les arbres. La casquette de Tom s'envole. Il court après, une rafale la pousse plus loin.

– Que se passe-t-il ? s'inquiète Léa. Ce n'est pas normal !

Deux silhouettes surgissent alors d'entre les arbres. Les pans de leurs capes claquent au vent.

– Teddy ! Kathleen ! les reconnaît la petite fille.

Le rouquin aux joues piquetées de taches de rousseur et la jolie Selkie aux longs cheveux noirs s'élancent pour embrasser leurs deux amis.

– Il faut que vous veniez tout de suite avec nous à la cabane, déclare Kathleen, la mine préoccupée.

– Pourquoi ? demande Tom en rajustant sa casquette.

– On vous expliquera là-haut.

Le frère et la sœur accompagnent les jeunes enchanteurs dans le bois.

Le soleil qui passe entre les branches crée des flaques de lumière sur le sentier.

Quand les enfants arrivent au pied du grand chêne, Teddy les presse :

– Vite ! Montez !

L'un derrière l'autre, ils escaladent l'échelle de corde.

À peine sont-ils à l'intérieur de la cabane que le magicien soupire :

– On a besoin de votre aide. C'est urgent !

– On a commis une terrible erreur, ajoute la Selkie.

– Tu n'y es pour rien. C'est moi qui ai fait cette bêtise.

– Quelle bêtise ? s'inquiète Tom.

Le rouquin avoue :

– C'est affreux. J'ai transformé Pirlouit en statue de pierre !

– Pirlouit ? répète Léa. En statue ?

– Oh non…, ce n'est pas possible, déplore son frère.

Il aime beaucoup le bébé manchot qu'ils ont ramené de leur mission en Antarctique. À cette époque, Merlin était complètement déprimé. La petite bête a su le tirer de sa tristesse.

– C'est un accident, dit Kathleen.

– Non, c'est une énorme bêtise, insiste Teddy. Nous étions dans la bibliothèque de Morgane, et je consultais un livre de magie. Morgane nous interdit d'utiliser des formules sans surveillance. Mais j'en ai trouvé une qui m'a paru amusante : comment changer quelque chose en pierre. Je voulais seulement essayer de transformer de petits objets, une pomme, un gobelet, une plume…

Kathleen continue de raconter l'histoire :

– Il a désigné un bâton en récitant la formule. Et, juste à ce moment-là, Pirlouit a surgi ; le sort est tombé sur lui.

– Maintenant, c'est un manchot de pierre, termine le jeune enchanteur, honteux.

– Quel malheur ! gémit Léa.

Tom réfléchit :

– Attendez. Ce n'est peut-être pas si grave. Merlin et Morgane sont de grands magiciens. Ils sauront sûrement redonner vie à Pirlouit !

Teddy proteste en agitant les bras :

– Non ! Non ! Il ne faut surtout pas qu'ils le sachent ! Sinon, ils… ils…

Il s'interrompt et détourne le regard.

– Merlin et Morgane sont tous deux à Avalon pour le Festival de Mai, explique Kathleen. S'ils apprennent ça, Teddy sera banni du royaume.

– Oh ! s'exclame Léa, incrédule.

– C'est sûr ! Merlin sera fou furieux. Pirlouit compte tellement pour lui ! Tout le monde l'aime à Camelot.

Tom hoche la tête en silence.

Il revoit la mignonne bouille du bébé manchot, sa drôle de façon de marcher en se dandinant, sa manière si tendre de regarder les gens.

– Heureusement, reprend Kathleen, on a trouvé une formule pour annuler le sort de pétrification.

Elle tire un carnet de sa poche.

– Malheureusement, poursuit Teddy, elle a été écrite dans une langue très ancienne. On n'a réussi à traduire que les cinq premières lignes.

La Selkie ouvre son calepin et lit :

Pour un sort retourner,
Il vous faut quatre choses.
D'abord une émeraude
Ayant forme de rose
Révélant le secret
D'un cœur esseulé.

– Vous devez trouver une émeraude en forme de rose ? répète Tom.

– Oui. Mais, nous, on n'a pas le temps de partir en quête de cette pierre. Il faut qu'on déchiffre le reste de la formule avant le retour de Morgane et de Merlin. C'est pourquoi on a besoin de vous.

– Je comprends…

Kathleen déchire la page de son carnet et la donne à Tom.

– Où faudra-t-il chercher ? demande Léa.

– On a consulté un vieux grimoire, dit Teddy. Vous allez être transportés quatre siècles en arrière, en Inde, et rendre visite au Grand Moghol.

Voyant l'air perplexe de Léa, il précise :

– Les Grands Moghols étaient des empereurs qui régnaient en Inde, autre-fois. L'un d'eux possédait la collection de pierres précieuses la plus importante au monde.

– Et les artistes qui ciselaient ces joyaux utilisaient souvent des motifs de feuilles ou de fleurs, ajoute Kathleen.

Léa acquiesce. Teddy continue :

– On a également découvert que ce Grand Moghol offrait souvent une de ses gemmes à chacun des ambassadeurs venus le saluer. Vous devrez vous faire passer pour des ambassadeurs.

– Et toi, Léa, reprend la Selkie, tu devras de nouveau jouer le rôle d'un garçon !

Car en Inde, à cette époque, les femmes n'avaient pas le droit de montrer leur visage en public.

– Pas de problème, j'ai l'habitude, lui assure la fillette.

– Minute, intervient Tom. Même si Léa s'habille en garçon, personne ne nous prendra pour des ambassadeurs !

Teddy et Kathleen échangent un regard étonné.

– Et pourquoi pas ? dit l'enchanteur. Tu ne sais pas ce que sont les ambassadeurs ?

– Si ! Ce sont les représentants d'un pays dans un État étranger. Mais…

– Eh bien, vous représenterez le pays de Belleville dans l'Inde d'il y a quatre siècles.

– Mais nous sommes des enfants ! objecte le garçon. Nous, on…

– Vous vous débrouillerez, j'en suis sûre ! l'interrompt Kathleen.

Teddy lui tend alors un gros livre.

Un magnifique palais en orne la couverture. Le volume a pour titre :

L'EMPIRE MOGHOL

– Ceci vous aidera. Plus vous serez cultivés, plus vous paraîtrez vieux et sages.

À son tour, Kathleen tire de sa poche une fiole en verre bleu :

– Et un peu de magie vous sera utile, en cas de danger. Cette potion vous permettra de rétrécir.

– Oh ! Ça va être vraiment rigolo ! se réjouit Léa.

Tom est moins enthousiaste :

– On va rétrécir ? Mais rétrécir… de combien ?

Il se souvient alors de leur amie Augusta, miniaturisée par les fées d'Irlande. Il a eu si peur de subir le même sort !

Quand on est minuscule, les choses les plus ordinaires deviennent énormes et menaçantes !

– Et on restera petits combien de temps ? demande-t-il encore.

– Ça dépendra de la quantité de potion que vous aurez bue, explique la Selkie en lui remettant la fiole. Pour une gorgée, dix minutes. Pour deux gorgées, vingt minutes, et ainsi de suite.

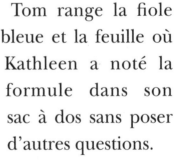

Tom range la fiole bleue et la feuille où Kathleen a noté la formule dans son sac à dos sans poser d'autres questions.

– Allez-y, maintenant ! les encourage Teddy. Trouvez vite la rose d'émeraude !

Pendant ce temps, on essaiera de traduire la suite de la formule.

– On fera de notre mieux, promet Léa.

– Merci, dit Kathleen. Si le courage vous manque, pensez à notre pauvre Pirlouit !

Tom acquiesce en silence. Il pointe le doigt sur la couverture du livre et murmure :

– Nous souhaitons être transportés là-bas !

Léa salue de la main les enchanteurs :

– À bientôt !

Le vent se met à souffler, la cabane à tourner.

Elle tourne plus vite, de plus en plus vite.

Puis tout s'arrête, tout se tait.

2

Le Fort Rouge

Il fait chaud. Des mouches bourdonnent autour de la tête de Tom.

– Tu crois qu'on est en costumes d'ambassadeurs ? demande Léa.

Les enfants portent des pourpoints ornés d'une collerette, des culottes bouffantes, des bas blancs et de drôles de souliers vernis à boucle.

Ils sont coiffés de chapeaux à larges bords. Le sac à dos de Tom est devenu une besace en cuir.

– Je suppose, dit le garçon. On aurait

sans doute été habillés comme ça, il y a quatre cents ans, à Belleville.

– Toi, peut-être, mais pas moi, objecte Léa. J'aurais encore eu une de ces robes avec lesquelles on ne peut pas courir ! Bon, où sommes-nous ?

Ils se penchent à la fenêtre. La cabane s'est posée au sommet d'un arbre au feuillage sombre, contre le rempart d'une énorme forteresse en grès rouge.

– Belle construction, note Tom.

La rue qui mène au fort est encombrée de charrettes tirées par des bœufs et de cavaliers. Des femmes aux visages voilés sont assises dans des sortes de palanquins portés par des éléphants.

– Oh ! s'exclame Léa en les voyant. J'aime ces grosses bêtes !

– Eh, regarde ! Il y a un marché comme celui qu'on a vu à Bagdad, dit Tom en désignant des tentes et des étals.

– Bon, reprend Léa. Où va-t-on trouver une émeraude en forme de rose ?

Son frère s'empare du livre et l'ouvre à la première page. Il lit à voix haute :

Au XVIIᵉ siècle, il y avait en Inde des villes très peuplées et d'innombrables villages. Cependant, la plus grande partie du pays était inhabitée. Les forêts abritaient des guépards, des tigres, des éléphants. Les espaces sauvages grouillaient de reptiles. Le plus redoutable était le cobra royal, un serpent extrêmement dangereux.

Une image montre un tigre du Bengale et un cobra royal. Le fauve rugit en découvrant ses terribles dents. Le serpent a un long corps noir moucheté de jaune. Ses mâchoires ouvertes révèlent deux crocs dont la morsure est mortelle.

– Brrrr…, ce n'est pas rassurant, fait Léa.

– Ne t'inquiète pas. La cabane ne s'est pas posée dans la forêt.

Tom tourne les pages jusqu'à ce qu'il trouve un dessin représentant la forteresse.

– J'ai trouvé ! On est là !

Il reprend sa lecture :

Pendant plusieurs siècles, l'Inde fut gouvernée par les Grands Moghols. Au XVIIe siècle, le plus riche d'entre eux prit le nom de *Shah Jahãn*, ce qui signifie Roi du Monde. Il fit bâtir le Fort Rouge de Delhi, et édifier de nombreux palais dans le Fort Rouge d'Agra.

– Donc, conclut Léa, le Grand Moghol que nous cherchons habite ici. On a de la chance !

Le garçon se penche de nouveau à la fenêtre, observe la rue et s'écrie :

– Regarde ! Les voilà, les gardes !

Il désigne des hommes en longues vestes blanches, un sabre courbe au côté. Certains sont armés de lances.

– Exact. Mais ces types-là, c'est qui ?

Deux chariots attelés à des bœufs s'arrêtent devant l'entrée du fort. Huit personnes en descendent. Leurs vêtements ressemblent à ceux des enfants : culottes bouffantes, vestes courtes, chapeaux à larges bords.

– Ils sont habillés comme nous. Ce sont probablement des ambassadeurs…

– S'ils rendent visite au Grand Moghol, on n'a qu'à se joindre à eux ! s'exclame Léa.

– Une seconde !

Tom range le livre dans son sac et vérifie son contenu : le papier de la Selkie avec le début de la formule, la fiole de potion magique.

Il y a même les feuilles sur lesquelles il a imprimé sa rédaction.

– Bon, on a tout ce qu'il faut.

– Alors, dépêchons-nous ! Il ne faut pas rater l'occasion.

Tous deux descendent par l'échelle de corde. Tom a à peine le temps de poser le pied par terre que sa sœur court déjà vers le fort.

– Léa ! Pas si vite ! Il faut qu'on se mette d'accord.

Il ne voudrait pas faire une bêtise lorsqu'il s'adressera aux gardes ou aux ambassadeurs !

— D'accord sur quoi ? demande la petite fille en s'arrêtant pour l'attendre.

— Si ces gens sont de vrais ambassadeurs, ne nous approchons pas d'eux ! Ils verraient tout de suite qu'on est des faux.

— Hmmm, tu as raison…

— Laissons-les plutôt franchir la porte. Ensuite, on courra pour les rattraper, et on dira aux gardes qu'on les accompagne. Et n'oublie pas, si on nous interroge, tu es mon frère ! Cache bien tes cheveux sous ton chapeau…

Léa acquiesce.

— Ça va, comme ça ?

— Parfait !

Néanmoins, le garçon s'inquiète toujours à l'idée de paraître trop jeune.

Il insiste :

– Il faut nous conduire comme des personnes importantes. Tiens-toi droite et parle d'une voix grave !

– Ça ira, ne t'en fais pas !

– Et lève le menton si tu veux avoir l'air plus grande !

– Oui, oui… Oh, regarde ! Ils sont en train de repartir !

Les ambassadeurs sont remontés dans leurs chariots, qui s'ébranlent. Tom et Léa se précipitent.

Quand ils se présentent devant l'entrée, un garde leur barre le passage en abaissant sa lance :

– Qui êtes-vous ?

L'homme a le visage traversé par une longue cicatrice violette. Il porte des anneaux d'argent aux oreilles.

– Nous sommes ambassadeurs, prétend Tom. Nous accompagnons ces messieurs qui viennent de passer.

Le garde les observe l'air soupçonneux :

– Vous venez d'Europe ?

– C'est exact. Nous sommes de Belleville.

Léa intervient de sa voix la plus grave :

– Vous vous étonnez de nous voir si jeunes ? Nous le sommes, en effet. Mais nous avons reçu une brillante éducation.

– Hum ! hum…, fait le garde, perplexe.

Léa poursuit :

– Et nous possédons également une brillante imagination !

« Qu'est-ce qu'elle raconte ? », pense son frère, paniqué.

– Hum ! hum…, fait de nouveau le garde.

Il examine le sac de Tom :

– Et c'est là-dedans que vous transportez votre don au Grand Moghol ?

– Oui…, non… euh…, balbutie le garçon.

Sans se démonter, Léa demande :

– Qu'offrent habituellement les ambassadeurs européens ?

– Les cadeaux envoyés par les souve-
rains d'Europe sont toujours d'une grande
rareté et d'une grande richesse.

– Par exemple ?

– Des épées en argent, des gobelets d'or,
des coffres emplis de joyaux, des chevaux
magnifiques…

« On est mal… », s'affole Tom.

Mais sa sœur sourit :

– Je vois. Eh bien, je suis heureux de
vous apprendre que le présent que nous
apportons est infiniment plus précieux
que tout cela !

Le plus profond respect

Le garde hoche la tête et déclare :

– Alors, c'est parfait. Le Grand Moghol sera très heureux d'accepter un tel trésor.

« Un trésor ? Mais quel trésor ? », se demande Tom, de plus en plus paniqué.

Qu'est-ce que Léa a encore inventé ?

– Entrez, continue le garde. Suivez ces ambassadeurs jusqu'à la Salle d'Audience, où le Grand Moghol vous recevra.

– Merci !

La petite fille entraîne aussitôt son frère sous le haut portail.

– Soyez sans crainte, leur lance le garde. Le Grand Moghol ne s'étonnera pas de votre jeunesse. Son grand-père est lui-même devenu empereur à l'âge de treize ans.

Dès qu'ils se sont un peu éloignés, Tom chuchote à sa sœur :

– De quoi parlais-tu ? On n'apporte pas de trésor ! On n'apporte rien du tout !

– Bien sûr que si !

– Et quoi donc, tu peux me le dire ?

– La rédaction qui est dans ton sac.

– Tu veux rire ? Ce n'est pas un trésor !

– Réfléchis un peu ! Tu as tapé ton texte sur l'ordinateur et tu as choisi des caractères spéciaux pour faire ancien.

Moi, j'ai ajouté des dessins avec des feutres à paillettes. L'ordinateur et les feutres, ça n'existait pas il y a quatre cents ans. Le Grand Moghol n'a jamais rien vu de pareil. Ces choses si ordinaires pour nous vont lui paraître sans prix !

– Tu… tu crois ?

Tom ne sait plus quoi penser.

– Fais-moi confiance, insiste sa sœur. Et avance plus vite ! Il faut qu'on rattrape les ambassadeurs.

Ils traversent une vaste cour pavée de pierres. Devant eux se dresse une construction basse, sans murs, ornée d'arcades et de colonnades. Les chariots amenant les ambassadeurs s'arrêtent à proximité.

– Ce doit être la Salle d'Audience, suppose Léa.

Les enfants se hâtent. L'air est si chaud qu'il leur semble marcher dans une fournaise. Tom est au bord de l'évanouissement.

Les ambassadeurs pénètrent dans le bâtiment. Des gardes à la mine féroce sont postés à l'entrée. Des poignards et des sabres recourbés sont accrochés à leurs ceintures.

Léa s'approche :

– Nous sommes les envoyés de Belleville. Nous accompagnons les ambassadeurs d'Europe.

À la stupeur de son frère, les gardes ne posent aucune question. L'un d'entre eux leur fait même signe de le suivre.

Tom et Léa lui emboîtent le pas. Bien que le bâtiment soit ouvert, il y fait plus sombre et beaucoup plus frais. Il y flotte un parfum de roses et de menthe. Des musiciens invisibles jouent une musique douce très apaisante.

À la suite du garde, ils dépassent un petit groupe de nobles. Tous arborent une barbe et des moustaches. Leurs splendides vêtements sont taillés dans des étoffes brillantes aux couleurs vives : orange, pourpre, turquoise, brodés de motifs de fleurs.

Les huit ambassadeurs d'Europe sont rangés deux par deux, devant une balustrade d'argent. Sur un signe du garde, Tom et Léa vont se placer au bout de la file.

Face à l'assemblée, des marches mènent à une estrade incrustée de diamants, de perles et d'émeraudes. Sur l'estrade, des colonnes d'or soutiennent un dais, orné lui aussi de pierres précieuses. Le tout est surplombé d'un autre dais en tissu chatoyant, tissé de fils d'or et d'argent. De grandes bougies brûlent dans de magnifiques chandeliers ciselés, des serviteurs vaporisent dans les airs de l'eau parfumée.

Tandis que Léa observe tout avec émerveillement, Tom prend le livre et lit :

Le Grand Moghol recevait les visiteurs dans la fastueuse Salle d'Audience, appelée le Diwan-i-Am.

En sa présence, chacun devait montrer le plus profond respect. Personne ne devait s'asseoir ou quitter la salle tant qu'il s'y tenait. Si on lui adressait la parole sans autorisation, si on ne s'inclinait pas comme il fallait, on encourait la peine de mort.

Le garçon fait vite disparaître le volume dans son sac et tire sa sœur par la manche. Il lui chuchote :

– Surtout, ne parle pas ! Et regarde bien comment les gens saluent pour les imiter !

– Pas de problème, souffle Léa. On a appris à saluer au palais de Vienne.

– Non, c'est différent. Là-bas, quand j'ai été maladroit, les gens ont ri. Ici, tu peux te faire tuer !

– Tu oublies notre potion magique ! Si ça tourne mal, on rétrécira et on filera d'ici immédiatement.

– Pas question ! Je ne veux pas devenir minuscule. Les gardes nous écraseraient comme des insectes.

Léa pouffe.

– Ce n'est pas drôle, proteste Tom à voix basse. Sortons ! On ne sait même pas comment on va s'y prendre.

– Si, on le sait ! On va offrir ta rédaction au Grand Moghol. Et on lui demandera en échange la rose d'émeraude.

– Non, non ! Tu ne dois pas lui adresser la parole ! Prononce un seul mot, et tu es morte ! Viens, allons-nous-en discrètement tant qu'on est encore en vie !

Léa se résigne en soupirant :

– Bon, d'accord.

Mais, à l'instant où ils vont s'esquiver, une sonnerie de trompettes éclate, suivie par un roulement de tambours.

Shah Jahãn, Grand Moghol de l'Inde, vient d'apparaître au bout de la salle.

4

Le Grand Moghol

Tom et Léa se figent. Un profond silence tombe sur l'assemblée. Le Grand Moghol gravit les marches qui mènent au trône.

Son habit est brodé de perles et de fils d'argent ; il porte des colliers, et des bagues étincellent à ses doigts.

Il s'assied, jambes croisées, sur les coussins qui garnissent le trône, et scrute l'assistance d'un regard dur. Un serviteur se place près de lui et agite un large éventail en plumes de paon.

Un garde impérial escorte les deux premiers ambassadeurs d'Europe jusqu'au trône.

Les enfants les observent avec attention. Ils les voient s'incliner depuis la taille et balayer le tapis de leur main droite. Puis ils se redressent, lèvent la main et la posent sur le sommet de leur tête. Enfin, ils baissent la main et demeurent immobiles.

« C'est donc ainsi qu'il faut saluer le Grand Moghol », pense Tom.

Pourvu qu'il réussisse à s'en rappeler !

L'un des ambassadeurs ouvre un sac. Il en sort une couronne incrustée de rubis et une timbale en or. Il les tend au souverain. Sans un mot, sans un sourire, celui-ci fait signe à un serviteur de les emporter.

Un autre serviteur s'approche, portant un coussin de soie rouge sur lequel reposent des pierres précieuses.

Les ambassadeurs en choisissent quelques-unes. Puis ils font demi-tour et redescendent lentement les marches de l'estrade.

Tom sent Léa lui donner un coup de coude. Il sait exactement ce que sa sœur a en tête :

« Ces types ont pris les pierres, et voilà tout ! Ce n'est pas compliqué ! »

Le garçon n'est pas rassuré pour autant.

Une rose d'émeraude n'est pas un joyau ordinaire. De plus, sa rédaction lui paraît un cadeau bien minable par rapport à ceux que les premiers ambassadeurs ont offerts.

Les autres s'avancent ensuite, deux par deux. Tous saluent de la même façon. Tous offrent au Grand Moghol des présents de valeur : horloge en argent ciselé, carafes de cristal, épées aux pommeaux d'or. L'empereur les fixe, sans jamais changer d'expression.

Tom est de plus en plus anxieux. Si ces cadeaux magnifiques laissent le Grand Moghol indifférent, que va-t-il penser d'une histoire écrite par un gamin ?

Tous les ambassadeurs ont choisi des pierres précieuses sur le coussin de soie avant de retourner à leur place. Enfin, un garde fait signe à Tom et à Léa d'avancer. Leur tour est arrivé !

Le garçon a l'impression que ses jambes sont en guimauve. Le terrifiant personnage darde sur eux son regard glacial.

D'un même mouvement, les enfants saluent en se pliant en deux ; ils balaient le tapis de leur main droite, la placent au sommet de leur tête.

Tom a cessé de respirer. Une mouche se pose sur son nez, mais il ne cligne même pas des paupières. Leur salutation terminée, Tom ouvre son sac, les mains tremblantes. Il en sort les feuillets où sa rédaction est imprimée.

Sans prononcer un seul mot, il les tend au Grand Moghol.

Celui-ci examine la première page. Il frôle du doigt les caractères tarabiscotés. Il feuillette, observe avec attention les dessins de Léa représentant la cabane magique, au sommet du chêne.

Puis il lève les yeux.

Aussitôt, le serviteur s'approche avec son coussin de soie. Dessus brillent des diamants, des rubis, des saphirs, des perles, des gemmes de multiples couleurs, taillées de multiples façons.

Tom ne sait plus où donner de la tête.

« Une émeraude en forme de rose… », se répète-t-il, affolé.

Les motifs deviennent flous, dans le scintillement des joyaux : des fleurs, des papillons, des étoiles, des poissons, des fruits… Il ne voit ni rose ni émeraude !

Sentant le regard de l'empereur fixé sur lui, le garçon est stressé. Il est prêt à prendre n'importe quoi.

C'est alors que Léa saisit tranquillement une petite pierre verte. D'un geste solennel, elle la montre à son frère. C'est une émeraude en forme de rose !

Tom acquiesce, tout en s'efforçant d'avoir l'air calme et détendu. Son cœur cogne fort dans sa poitrine.

Le Grand Moghol semble sur le point de dire quelque chose. Mais un garde invite les jeunes ambassadeurs à reprendre leur place eux aussi.

Tom redescend les marches comme un automate. Il n'arrive pas à y croire :

« On l'a fait ! On a réussi ! »

L'empereur se lève. Lentement, sans un mot, il s'éloigne. Dans la salle, personne ne bouge, jusqu'à ce que le puissant personnage ait quitté les lieux.

Dès qu'il a disparu, l'assemblée lâche un profond soupir. Puis tous se mettent à parler en même temps. Les gardes escortent les ambassadeurs jusqu'à l'extérieur.

Tom murmure à sa sœur :

– Viens ! Partons d'ici !

– Mission accomplie ! s'exclame la petite fille en tendant l'émeraude à son frère. Celui-ci la tient un instant dans sa paume pour admirer les fins pétales recourbés.

– Quel travail impressionnant !

Puis il range délicatement la pierre dans le fond de son sac.

– Tu avais raison, admet-il. Ton idée était excellente.

– Tu vois, j'en étais sûre, fait Léa avec un sourire en coin.

– Oui, je n'aurais pas dû m'inquiéter autant. On n'a plus qu'à retourner à la cabane. Dépêchons-nous !

Ils se faufilent dans la foule des courtisans qui sortent de la salle.

Au moment où ils vont surgir dehors, un garde imposant leur barre le passage. Léa essaie de le contourner. Mais l'homme lève sa large main :

– J'ai ordre de vous conduire au palais, sur la terrasse privée du Grand Moghol.

– Et… euh, pourquoi ? bafouille Tom.

– Les ambassadeurs sont priés d'assister à la parade donnée en leur honneur.

– Une parade ? répète Léa. J'adore ça !

– C'est que… on est un peu pressés, commence Tom.

Le garde ne l'écoute pas.

– Par ici ! dit-il.

Les enfants sont obligés de le suivre.

– Pas de souci ! souffle Léa à son frère. On est invités à une fête. Que veux-tu qu'il nous arrive ?

Ce n'est pas drôle !

Les enfants suivent le garde à travers une vaste cour entourée de murs. Devant eux, les ambassadeurs pénètrent déjà l'un après l'autre à l'intérieur du palais.

Tom est si agacé qu'il ne remarque même pas les fleurs aux rouges éclatants, les bassins et les fontaines murmurantes. Tout ce qu'il voudrait, c'est rejoindre au plus vite l'arbre où la cabane s'est posée. Leur mission est terminée maintenant. Il se creuse la cervelle, cherchant une excuse pour s'esquiver.

– Léa ! chuchote-il.

Sa sœur l'a devancé et bavarde avec le garde.

– Où vivent les dames et les enfants impériaux ? demande-t-elle.

L'homme leur désigne un autre palais, sur la gauche de la cour. Tom aperçoit des femmes aux visages voilés. Elles les observent derrière des fenêtres en arceaux.

Léa leur fait signe de la main. Aussitôt, elles disparaissent.

Le frère et la sœur s'engagent finalement dans un corridor, qui les mène
à une chambre éclairée par des lanternes
de cuivre. Le garde leur tend à chacun
un habit en soie, une large ceinture,
une paire de chaussures à bouts pointus
et un turban orné de pierres précieuses.

– Qu'est-ce que c'est ? s'enquiert le
garçon, surpris.

– Un cadeau du Grand Moghol. Vous
pouvez vous changer ici.

L'homme tire un rideau, révélant une
petite pièce qui évoque une garde-robe.
Tom et Léa s'avancent. Dès que le rideau
se referme derrière eux, le garçon pivote
face à sa sœur :

– Qu'est-ce qu'on fiche ici ? Sortons de là
tout de suite !

– Calme-toi ! On n'a pas le choix. La
fillette caresse la douce étoffe de soie :

– J'aime beaucoup ces vêtements !

– Oh, zut ! soupire Tom.

À contrecœur, il se déshabille, enfile la tunique, boucle la ceinture par-dessus. En vérité, il a nettement moins chaud, ainsi vêtu. Mais ses culottes bouffantes lui paraissent trop larges..

– Ça fait moche…, grommelle-t-il.

– On ne restera pas longtemps, le rassure Léa. Dès la fin de la parade, on file !

Elle enroule le turban autour de sa tête, prenant soin de cacher ses longs cheveux :

– J'ai l'air d'un garçon, comme ça ?

– Tu as surtout l'air ridicule. On a tous les deux l'air ridicule, peste Tom. Inventons un prétexte pour partir !

– Tu ne veux pas assister à la parade ?

– Pas à côté d'un type qui te met à mort si tu parles quand il ne faut pas ou si tu ne le salues pas comme il faut !

– On n'aura sans doute plus besoin de saluer, objecte sa sœur.

Tom n'ajoute rien. Il finit de s'habiller, d'enfiler ses chaussures.

Léa l'examine et se met à rire.

– Ce n'est pas drôle, bougonne le garçon.

– N'oublie pas ! Si ça tourne mal, on boit un peu de la potion.

– Et on se fait écraser par les gardes ? Non, merci !

Léa, amusée, rit de nouveau.

– Ce n'est pas drôle, répète Tom.

Le garde ouvre alors le rideau :

– Venez ! Il est temps.

Il conduit les enfants dans un vaste hall.

Tom ordonne à sa sœur à voix basse :

– Surtout, ne t'adresse jamais au Grand Moghol. Compris ?

– Oui, oui, je sais.

Après avoir traversé plusieurs salles, ils arrivent sur une terrasse ombragée, qui domine une rivière à la rive sablonneuse.

Le Grand Moghol est appuyé à la balustrade, entouré de gardes impériaux. Les ambassadeurs se tiennent quelques pas en arrière. Eux aussi ont revêtu de longues vestes en soie, portent des turbans et des chaussures à bouts pointus.

Le garçon fait signe à sa sœur de se placer derrière. Il espère que personne ne tentera de leur parler. C'est avec soulagement qu'il entend sonner les trompettes et battre les tambours. La parade commence ! On ne fera plus attention à eux, les invités seront trop occupés à admirer le spectacle.

En tête du défilé marchent les musiciens. Ils sont des centaines, alignés le long du rivage. Derrière eux s'avancent les porte-drapeaux, dont les bannières rouge et jaune flottent dans le vent chaud. Puis viennent des cavaliers montés sur de magnifiques destriers richement harnachés. Certains ont des robes gris foncé ou cuivrées, d'autres sont d'un blanc de neige, d'autres encore noirs comme la nuit.

– Cent pur-sang arabes ! annonce un des gardes impériaux. Les plus beaux chevaux du monde !

Tom jette un coup d'œil au Grand Moghol. Le souverain observe la parade d'un air impassible.

Après les cavaliers viennent des chars tirés par des bœufs. Ils transportent des fauves aux fourrures brun clair tachetées de noir. Leurs colliers d'or lancent des éclats de lumière.

– Cent guépards, commente le garde. Les bêtes les plus rapides du monde !

Alors, dans un nuage de poussière, apparaissent les éléphants, tels de lourds vaisseaux gris.

– Cent éléphants, continue le garde. Les plus grands animaux du monde !

Des clochettes d'argent tintent au cou des pachydermes. Leurs énormes têtes sont ornées de tissus à franges. Les hommes qui les dirigent, les cornacs, sont sur leur dos, dans des palanquins d'osier.

– Tous ces éléphants ! s'émerveille Léa.

– Chuuut ! lui intime son frère. Je t'en supplie, ne parle pas !

Les éléphants, les bœufs, les chevaux, tous marchent au rythme des tambours.

Soudain, des cris de panique s'élèvent ; la musique s'interrompt.

Le Grand Moghol, les gardes, les ambassadeurs, tout le monde se penche par-dessus la balustrade, curieux de savoir ce qui se passe.

Tom réussit à voir que l'un des pachydermes a rompu les rangs. Des gardes s'élancent pour l'arrêter. L'animal se dresse sur ses pattes arrière, éjectant son cornac du palanquin. Il lève sa trompe et émet un puissant barrissement.

– Qu'est-ce qui se passe ? Qu'est-ce que c'est que ce bruit ? demande Léa.

– Un éléphant essaie de se sauver.

– Oh non !

Le garçon attrape sa sœur par le bras :

– Surtout, ne dis rien ! Ne te mêle de rien !

– Mais on va lui faire mal ! Je ne supporte pas qu'on maltraite les bêtes !

La fillette se dégage et se faufile entre les ambassadeurs.

Tom tente de la retenir. Il chuchote :

– S'il te plaît, Léa ! Reviens !

Un des gardes avise la petite fille, qui s'approche du Grand Moghol. Il se plante devant elle.

– Pardon, monsieur, dit Léa. Mais je m'inquiète pour cet éléphant.

– Il a voulu s'échapper. Mais tout va bien. On l'a repris.

– Que va-t-il lui arriver ?

– Il va être puni.

– Quoi ? Pourquoi ?

– Parce qu'il a osé manquer de respect au Grand Moghol.

– Hein ?

Tom fait tout pour attirer l'attention de sa sœur :

– Léa ! Tais-toi ! Reviens !

Elle ne l'entend même pas. Elle proteste avec véhémence :

– Le punir ? C'est idiot ! Ce n'est qu'un animal !

– Léa ! Tais-toi ! s'affole Tom.

Trop tard ! Les autres gardes, les ambassadeurs, tous se sont retournés vers la fillette d'un air mécontent. Et, pire encore, le Grand Moghol a les yeux rivés sur elle.

Brise du Matin

Léa interpelle le Grand Moghol :

– Votre Altesse ! Ce n'est qu'un animal ! Je vous en prie, écoutez-moi. Il ne faut pas lui faire du mal !

– Tu n'as pas le droit de t'adresser à lui ! chuchote Tom furieusement.

La petite fille continue :

– S'il vous plaît ! Cet éléphant ne sait rien de votre grandeur. Il ne sait pas qu'il vous doit le respect.

L'empereur fixe longuement la fillette sans dire un mot.

– Votre Altesse, est-ce que vous aimez les animaux ? insiste Léa.

Pas de réponse.

– Aimez-vous au moins *quelque chose* ?

Les ambassadeurs lâchent une exclamation d'effroi. Deux gardes s'emparent de l'insolent. Tom se précipite :

– Non ! S'il vous plaît ! Elle… Il ne peut pas s'empêcher ! Mon frère est comme ça, il intervient tout le temps. S'il vous plaît, laissez-le !

Le Grand Moghol marmonne un ordre à l'un de ses gardes. Puis il se détourne et quitte la terrasse.

Le garde a l'air stupéfait. À son tour, il parle à voix basse aux hommes qui se sont saisis de Léa. Tom retient son souffle. Vont-ils emmener sa sœur ? La jeter dans un cachot ?

Mais à la grande surprise du garçon, les gardes la relâchent.

Léa demande :

– Vous croyez que le Grand Moghol va faire punir l'éléphant ?

– Non, déclare le premier garde. Il vous l'offre en cadeau.

– Quoi ? s'exclame Tom.

– Oh, c'est vrai ?

– Que voulez-vous dire, exactement ?
demande le garçon.

– Que l'animal est à vous. Vous pouvez
l'emmener dans votre pays.

– Chez nous ?

Le garde fait signe aux enfants :

– Venez !

Les ambassadeurs assistent à cette scène
d'un air ahuri.

Alors que Tom et Léa s'apprêtent
à suivre le garde, l'un d'eux retient le garçon par le bras :

– Qui êtes-vous ? Quel pays êtes-vous
venus représenter ?

– Je suis Tom, ambassadeur de Belleville.
Excusez-moi !

Et il se dépêche de rattraper sa sœur.

Il lui murmure à l'oreille :

– Tu es tombée sur la tête ? On ne va
pas amener un éléphant à la maison !

– Si on le laisse ici, il sera puni.

– Très bien, grommelle le garçon. Tu te débrouilleras pour le faire grimper à l'échelle !

– Ha ! Ha !

– Il n'y a vraiment pas de quoi rire. Tout ça est complètement idiot.

– Écoute, arrangeons-nous seulement pour le faire sortir du Fort Rouge ! Après, on décidera.

Le garde les conduit dans une cour où plusieurs hommes armés de cordes s'efforcent d'immobiliser l'éléphant.

L'animal bat l'air de ses oreilles, il barrit furieusement, frappe le sol de ses larges pattes. Les hommes tirent sur les liens pour l'obliger à s'agenouiller.

– Hé ! s'écrie Léa. Ne lui faites pas de mal !

Le garde pointe son sabre vers les enfants :

– Montez sur son dos !

– Quoi ? s'affole Tom.

– Montez ! Tous les deux ! Vous nous avez causé bien assez d'ennuis pour aujourd'hui. C'est un miracle que vous soyez encore en vie.

Sans un mot, Tom se hisse dans le palanquin.

Léa monte derrière lui. Le frère et la sœur s'asseyent l'un près de l'autre et agrippent les rebords de la nacelle.

Le garde leur crie :

– C'est une femelle. Elle s'appelle Brise du Matin. Emmenez-la chez vous ! Vite ! Avant que le Grand Moghol ne change d'avis !

Comme si elle avait compris, Brise du Matin se remet sur ses pattes. Elle traverse la cour et trotte vers une allée qui conduit hors du fort.

Tom et Léa sont secoués d'un côté et de l'autre. Ils se cramponnent de leur mieux. Derrière eux s'élèvent les gros rires des hommes, qui les regardent s'éloigner.

– Pas si vite ! lance Tom à l'éléphante.

Brise du Matin accélère en agitant ses oreilles de plus belle. Les clochettes accrochées à son cou tintent joyeusement.

– Elle devrait plutôt s'appeler Tornade ! s'exclame Léa.

Brise du Matin passe à grand bruit sous un portail, franchit un pont qui enjambe des douves. Enfin, elle ralentit. Levant haut sa trompe, elle hume l'air chaud. Ses oreilles se déploient ; on dirait qu'elle cherche à percevoir un son lointain.

– On est tout près de la cabane magique ! s'écrie alors Tom. Elle est là-bas, dans cet arbre ! On a la rose d'émeraude.

84

Si on arrive à stopper cet animal, on saute à terre et on retourne à la maison tout de suite. J'en ai plus qu'assez de cet endroit. J'en ai marre de cette chaleur.

– Oui, mais…, commence Léa.

Tom s'adresse à l'éléphante :

– Arrête-toi ! Laisse-nous descendre !

– Mais, continue Léa, et elle ? Qu'est-ce qu'elle va devenir ? On ne peut pas l'abandonner comme ça.

Brise du Matin lève sa trompe et barrit. Tom a l'impression d'entendre une longue plainte, pleine de tristesse.

Soudain, le garçon a une terrible envie d'aider l'éléphante à regagner la forêt sauvage, où les hommes ont dû la capturer quand elle était petite.

– D'accord, soupire-t-il. Va, Brise du Matin ! Va où tu veux !

7

Un truc bizarre

La trompe haute, Brise du Matin continue de flairer l'air chaud.

– On l'emmène loin du fort, décide Tom. Puis on la laisse en liberté, et on rejoint la cabane à pied.

Léa acquiesce. Le garçon vérifie par-dessus son épaule que le Grand Moghol n'a pas envoyé des gardes à leurs trousses. Personne. Il encourage l'éléphante :

– Allez ! Retourne chez toi !

La grosse bête déploie ses oreilles comme si elle percevait un appel lointain.

Elle barrit longuement puis s'ébranle.

Les enfants s'attendent à ce qu'elle suive une voie où circulent des chars à bœufs et des cavaliers. Au lieu de ça, elle se dirige vers le marché.

– Non ! Ne va pas par là ! proteste Tom.

Brise du Matin prend le trot. Ses énormes pattes sonnent sur les pavés.

Elle s'engage dans une rue bordée d'échoppes, emplie d'une foule animée : hommes barbus vêtus de costumes colorés, femmes enveloppées de voiles de la tête aux pieds.

– Poussez-vous ! tente de les avertir Léa.

Les gens s'écartent vivement. Un marchand de bananes beugle des insultes. L'éléphante heurte des piquets au passage ; des tentes s'écroulent sur les marchandises. Des sacs de riz roulent à terre ; des paniers emplis d'oranges, de citrons et de pamplemousses se renversent.

Des voix furieuses s'élèvent, des hommes menacent du poing l'animal et ses jeunes passagers.

– Excusez-la , je vous en prie ! s'égosille Léa. Elle ne le fait pas exprès, c'est un animal sauvage.

Brise du Matin bouscule à coups de trompe des châles de soie, des tapis, des poteries.

Les commerçants s'arment de bâtons et se jettent sur la bête. Tom et Léa se cramponnent comme ils peuvent.

– Plus vite, Brise du Matin ! s'écrie le garçon. Il faut sortir d'ici !

Poursuivie par une foule hurlante, l'éléphante finit enfin par quitter le marché. Elle emprunte une ruelle pavée, qui se transforme bientôt en un petit chemin poussiéreux.

Toujours trottant, elle longe des maisons basses dont les murs sont faits de boue séchée. Sur le chemin, des chèvres et des moutons s'écartent en bêlant. Des poules gloussent, affolées.

Ses clochettes tintant follement, Brise du Matin poursuit sa course. Des femmes et des fillettes qui préparent le repas sur des feux, devant les maisons, la regardent passer étonnées.

Des garçons en train d'atteler des bœufs lui lancent des coups d'œil mécontents.

Au bout d'un moment, il n'y a plus d'habitations, plus de sentier. Brise du Matin ne s'arrête pas. Elle traverse un champ de chaume. Tom a l'impression d'être emporté par un gros vaisseau gris sur une mer ocre et jaune.

Depuis qu'ils ont laissé la ville et le hameau derrière eux, Léa se sent mieux.

– C'est rigolo, dit-elle.

Tom n'est pas vraiment de cet avis. Où l'animal les emmène-t-il ?

Des nuées d'insectes bourdonnent autour de la tête des enfants. Ils pénètrent dans une forêt broussailleuse. L'air étouffant est empli de chants d'oiseaux. Tom interpelle Brise du Matin :

– Arrête-toi ! lui crie-t-il. Tu es en liberté, maintenant. Tu peux retourner à la vie sauvage. Laisse-nous descendre ! Il faut qu'on…

Il n'a pas fini de parler que le pachyderme lève sa trompe et lance un barrissement affolé. Il se dresse sur ses pattes arrière. Tom et Léa sont éjectés de la nacelle. Ils glissent le long des flancs de la bête et roulent dans la poussière. Brise du Matin barrit encore une fois, puis elle s'enfuit au galop dans la forêt.

Le sol résonne sous ses grosses pattes, ses clochettes tintinnabulent, des branches sèches se brisent sur son passage. Les sons s'éloignent ; bientôt, on n'entend plus rien.

Le frère et la sœur se relèvent, un peu sonnés.

– Rien de cassé ? s'informe Léa.

– Non, ça va. Je suis en un seul morceau. Mais qu'est-ce qui lui a pris de nous jeter comme ça ? grommelle Tom.

Sa sœur rit :

– C'est toi qui lui as demandé de nous laisser descendre !

– Oui, pas de nous flanquer par terre !

D'un geste agacé, il chasse les mouches qui lui zonzonnent aux oreilles. Il est fatigué ; il a chaud, il a soif.

– On va mettre des heures à rejoindre la cabane… si on ne se perd pas !

– On n'a qu'à simplement suivre les traces de Brise du Matin.

Ils époussettent de la main leurs vêtements salis et s'apprêtent à faire demi-
tour. Soudain, Léa s'écrie :

– Ton sac !

Le sac ? Où est-il ?

Tom regarde autour de lui, paniqué.

Ouf ! Il est là, dans un buisson.

Le garçon court le décrocher. Mais
la besace s'est ouverte en tombant.

– Oh non !

Il vérifie son contenu : le
livre, le papier de Kath-
leen, la fiole. Il fouille
jusqu'au fond.

Alors, il blêmit :

– La rose d'éme-
raude ! Elle n'y est
plus !

– Elle a dû tomber
tout près, dit Léa. Elle est
par là, on va la retrouver.

À quatre pattes, Tom et Léa explorent chaque centimètre de terrain. Ils soulèvent les brindilles, écartent les feuilles sèches, repoussent les cailloux.

Rien.

– Oh, non, je n'y crois pas ! gémit Tom.

Ils avaient achevé leur mission, ils n'avaient plus qu'à retourner à Belleville. Et les voilà perdus au milieu de nulle part, sans la rose d'émeraude !

– Je ne la vois pas. Elle est peut-être tombée au marché, quand…

– Là ! Elle est là ! crie alors Léa.

– Où ça ?

– Là !

Ça y est, le garçon la voit ! Elle lance des éclairs verts dans un rayon de soleil. Elle a roulé près d'un monticule de feuilles sèches.

Sautant sur leurs pieds, les enfants s'apprêtent à la ramasser.

Mais au dernier moment, Léa retient son frère :

– Attends ! Il y a un truc bizarre…

– Quoi ? Qu'est-ce que tu as vu ?

C'est très bizarre, en effet. Les feuilles bougent toutes seules. Il en émerge une tête triangulaire, avec deux petits yeux luisants, au bout d'un long corps reptilien.

Tom manque de s'étrangler :

– Un… un cobra royal !

8

Restons calmes !

Le cobra déroule tout doucement ses anneaux, se dresse à la verticale. Sa peau écailleuse est couleur de rouille, ornée de rayures jaunes.

Tom ordonne à voix basse à sa sœur :

– Recule ! Recule ! Len-te-ment !

Il ramasse son sac au passage et le serre contre lui. Un pas après l'autre, les enfants atteignent bientôt l'orée du bois.

– Maintenant, cours !

Ils détalent. Tom s'efforce de ne pas perdre en route ses chaussures pointues.

Au bout
d'une centaine
de mètres, Léa s'arrête :
– Stop ! N'allons pas trop loin !
– Pourquoi ?
– Tu oublies Pirlouit ! On doit rapporter
la rose d'émeraude pour le sauver !
– Oh, c'est vrai !
Le garçon reprend son souffle.

– D'abord, dit-il, restons calmes…
Tâchons déjà d'en apprendre un peu plus
sur les cobras.

Il sort le livre du sac, cherche le bon
chapitre, et lit :

**Le cobra royal est l'un des rares serpents
à construire un nid, fait d'un amas
de feuilles et de brindilles, pour y couver
ses œufs.
Sa peau, marbrée de noir, de jaune ou
de brun, lui offre un camouflage naturel.**

– Donc, ce tas de feuilles était un nid,
commente Tom. On a dérangé une mère
cobra protégeant ses œufs.

– À quoi ça nous sert de savoir ça ?

– À rien. Voyons la suite :

**Le cobra n'entend pas, mais il a une
excellente vue et perçoit les vibrations.**

– Aïe ! Mauvaise nouvelle…

Le garçon poursuit :

Pour impressionner ses proies ou s'il se sent menacé, le cobra aplatit et élargit son cou. Il déploie sa « coiffe ».
Sa morsure inocule assez de venin pour tuer un éléphant ou une vingtaine d'hommes.

– Ah ! Voilà pourquoi Brise du Matin a paniqué et s'est enfuie !

Tom referme le volume en soupirant :

– Je ne vois pas comment on va pouvoir s'approcher du nid.

– Alors, on ne récupérera pas la rose d'émeraude. À moins de retourner au palais du Grand Moghol et de lui en demander une autre !

– Impossible !

– Pensons à notre pauvre petit Pirlouit ! Il faut absolument qu'on le sauve !

Tom réfléchit. Il est prêt à faire n'importe quoi pour le bébé manchot. Enfin... presque n'importe quoi.

Tout à coup, une idée lui vient :

– Il y a peut-être un moyen... Et si... si on devenait minuscules ?

– Oui !

– Le cobra ne nous entendrait pas, il perçoit seulement les vibrations. Si on est assez petits, on réussira à récupérer l'émeraude sans qu'il nous remarque.

– Oui !

Le garçon range le livre et prend la fiole. Il l'élève devant lui et demande :

– Bon, on boit combien de gorgées ? Une pour dix minutes ?

– Non, deux. Ça nous donne vingt minutes.

Tom approuve de la tête avant de reprendre :

– Quand on sera minuscules, tout nous

paraîtra très grand autour de nous : les papillons, les mouches, les araignées…

– Les araignées ?

Léa aime toutes les bêtes. Toutes, exceptées les araignées !

– Écoute, après tout, tu n'as pas besoin de rapetisser ! Je peux aller chercher l'émeraude tout seul.

– Non, c'est moi qui irai. Toi, tu ne bouges pas.

– Pas question ! On y va ensemble ou pas du tout.

Le garçon porte la fiole à ses lèvres :

– Bon, deux gorgées !

Il boit avant de tendre le flacon à sa sœur.

Aussitôt, il se sent tout drôle. Il ferme les yeux. Il a l'impression de tomber au fond d'un trou.

Woushhhhh !

La forêt résonne soudain de bruits assourdissants : pépiements, bruissements, craquements, crissements.

– Waouh ! lâche Léa. Regarde un peu !

Tom rouvre les yeux.

Sa sœur et lui sont tous les deux très, très petits.

– On est vraiment minus, murmure le garçon.

Il observe les alentours : les brins d'herbe, les feuilles, les cailloux sont plus grands qu'eux.

– On ne doit pas faire plus de trois ou quatre centimètres…

Au ras du sol, la forêt est pleine de vie : odeur de terre, stridulations d'insectes, chuchotements d'herbes. La poussière du sol étincelle, à croire qu'elle est poudrée d'argent.

– C'est beau, dit Léa.

Les fleurs sauvages aux corolles roses ressemblent à d'élégantes et lumineuses ombrelles, les baies sont aussi grosses que des pommes. Quant aux arbres, pareils à des gratte-ciel, leur cime se perd dans les hauteurs.

Plop ! Quelque chose saute dans l'herbe. Tom et Léa poussent un cri et se serrent l'un contre l'autre. C'est un insecte géant au corps brun, les ailes repliées sur le dos.

Il darde
sur les enfants
ses énormes yeux
à facettes, en remuant les antennes.

– Ahhhhh !

Le frère et la sœur reculent, terrifiés.
La bête frotte ses ailes l'une contre l'autre,
et un grésillement assourdissant résonne
dans toute la forêt : *chirrrp ! chirrrrp !*

Tom se bouche les oreilles. Mais il est
rassuré : l'animal est un criquet. Il ne leur
fera pas de mal !

D'une poussée sur ses vigoureuses pattes
arrière, et *hop !* L'immense insecte bondit
et disparaît dans un buisson.

Un papillon jaune d'or, large comme un parapluie, volette alors au-dessus de Léa.

– Il me prend pour une fleur ! rit-elle.

Le papillon se pose délicatement sur la tête de la petite fille. Elle retient son souffle, n'osant même plus battre d'un cil. Elle a l'impression d'être coiffée d'une vivante capeline jaune.

Les ailes du papillon se déploient doucement ; puis, sans un bruit, il décolle et va voleter plus loin.

Bzzzzzzzzzz-zzzzzzzzzzzz.

Une abeille gigantesque décrit des cercles au-dessus de Tom. Le garçon se baisse et agite les mains :

– Hé ! Va-t'en, toi ! On n'est pas bons à butiner !

L'insecte bourdonnant s'éloigne sans se presser.

Léa déclare :

– Allons vite chercher l'émeraude, qu'on puisse reprendre notre taille normale !

– Tu as raison. De quel côté est-elle ?

Tom ne reconnaît plus rien autour de lui. Il marmonne :

– Voyons, l'émeraude brillait au soleil…

Léa tend le bras :

– C'est plus ensoleillé, par là.

– Alors, avançons lentement en restant dans l'ombre. Rappelle-toi ! Le cobra n'entend pas, mais il sent les vibrations.

– C'est une mère qui garde ses œufs. Je me demande où est le père…

– N'y pense pas. On a assez de soucis comme ça. Viens, on y va !

Tous deux se mettent à quatre pattes et commencent à ramper vers la flaque de soleil.

9

Camouflage

Tom et Léa rampent prudemment, repoussant les herbes qui leur chatouillent le visage. Ils enjambent des brindilles, contournent des cailloux, escaladent des racines.

Enfin, ils s'arrêtent. Prenant la main de sa sœur, Tom lui désigne d'un mouvement de menton la rose d'émeraude qui étincelle au soleil. La fillette hoche la tête en silence.

Le joyau leur paraît énorme. Le cobra est lové autour de son nid. Maintenant, il est tellement gros qu'il a tout d'un monstre sorti d'un livre de contes.

– Bon, je fonce, je ramasse la rose et je reviens en courant, chuchote Léa.

– Non, non ! Ne fais pas ça ! souffle son frère, effrayé par la taille du serpent.

– Il a l'air de dormir…

– Pas sûr ! Peut-être qu'il nous guette. On ne voit pas bien ce qu'il fait, avec son camouflage…

– Alors, comment on va…

Tom lui coupe la parole :

– Camouflage ! C'est ça !

– Quoi ?

– Pour reprendre l'émeraude, on va se camoufler.

– Qu'est-ce que tu veux dire ?

Le garçon regarde autour de lui :

– Des feuilles, voilà ce qu'il nous faut.

Près d'eux, une plante grimpante balance ses larges ramures vert clair.

Les enfants saisissent une feuille et tirent dessus jusqu'à ce qu'elle se détache de la tige. Léa la tient devant elle tel un bouclier :

– Ça ira ?

– Parfait ! On en arrache une autre pour moi.

– On n'a qu'à faire deux trous dedans pour y voir, suggère Léa.

– Bonne idée !

Avec une brindille pointue, ils percent les feuilles.

Masqué par cette protection improvisée, Tom colle ses yeux aux trous et tâche de repérer l'émeraude.

Il dit à sa sœur :

– Reste derrière moi. Avançons prudemment, en nous arrêtant tous les deux pas.

– On y va !

Et ils y vont. Deux pas, une pause. Deux autres pas, une pause.

Le cobra ne bouge pas. Pourvu qu'il soit endormi !

Encore deux pas.

Alors, Léa étouffe une exclamation : le serpent s'est redressé !

Il se balance d'un air menaçant. Son cou s'élargit. Ses petits yeux perçants semblent fouiller les alentours.

Le frère et la sœur se figent.

Le reptile s'enroule de nouveau sur lui-même. Ouf ! Le camouflage a fonctionné !

Deux pas, une pause.

Tom n'est plus qu'à quelques centimètres de la rose. Tenant d'une main son bouclier, il se baisse et s'empare du joyau,

lourd comme une pierre. Il le fait rouler
dans son sac avec précaution.

Léa toujours sur ses talons, le garçon
recule, sans quitter le cobra des yeux.
Deux pas, une pause. Deux pas, une pause.

Soudain, un curieux sifflement s'élève
dans le dos des enfants. Tom frissonne des
pieds à la tête. Lentement, il se retourne.

Un autre cobra gigantesque les domine de toute sa hauteur.

– Le père ! souffle Léa.

Le mâle est de la même couleur que la femelle. Balançant sa collerette déployée, il fixe sur les enfants un regard glacé. Sa gueule s'ouvre, dévoilant les terribles crocs dont la morsure est mortelle.

Tom et Léa lâchent leurs feuilles et s'accroupissent à l'abri d'une touffe d'herbe.

– Va-t'en ! Va-t'en ! bégaie le garçon.

– Filons ! hurle Léa.

Ils partent au galop, dans la poussière.

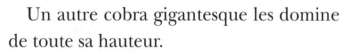

Tom perd ses chaussures pointues, sa veste en soie s'accroche à une brindille et se déchire. Il court, court, telle une petite souris affolée, entre les cailloux, les racines, les morceaux d'écorce, les plumes, les mousses qui encombrent le sol de la forêt. Des fourmis géantes et d'énormes scarabées s'enfuient à son passage.

Où vont-ils ? Tom n'en a aucune idée. Il imagine les monstrueux reptiles ondulant sur le sol pour les rattraper. L'air résonne de mille stridulations d'insectes. Le garçon a l'impression que c'est toute la forêt qui crie d'effroi.

Soudain, il trébuche, s'étale dans la poussière. Il se relève, regarde autour de lui. Où est Léa ? Il ne la voit pas ! Est-elle partie dans une autre direction ? Les cobras l'ont-ils prise en chasse ? Paniqué, il hurle :

– Léa ! LÉAAAAAAAA !

À cet instant, le sol tremble. Tom entend des chocs sourds, un tintement de clochettes. Puis la voix de sa sœur lui parvient :

– Tom ! Où es-tu ?

On dirait qu'elle l'appelle du haut d'un arbre.

Le garçon lève la tête. Un serpent monstrueux se balance devant son nez.

– AAAAAAAAH !

– Tom ! Je suis là ! crie Léa au-dessus de lui.

La peau de ce serpent-là n'est pas recouverte d'écailles brunes et jaunes. Elle est grise, toute plissée. Ce n'est pas un cobra, c'est la trompe d'un éléphant !

Tom n'a pas le temps de réagir. Brise du Matin le cueille comme une banane puis le soulève dans les airs. Le garçon serre son sac contre lui, pour ne pas perdre l'émeraude une deuxième fois.

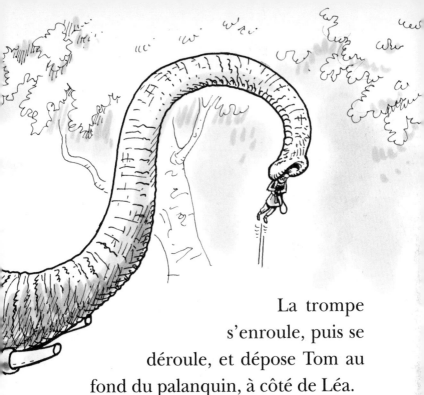

La trompe s'enroule, puis se déroule, et dépose Tom au fond du palanquin, à côté de Léa.

– Tu as vu ? Brise du Matin est revenue nous chercher ! s'écrie la fillette.

Tom est trop minuscule pour voir si les serpents sont encore dans les parages. Il essaie de grimper le long de la nacelle d'osier. Mais l'éléphante barrit et prend le trot. Le garçon lâche prise et dégringole sur le dos.

Sa sœur s'esclaffe ; il se met à rire aussi, secoué au fond de la nacelle telle une prune dans un panier. Ils ont échappé aux cobras. Ils rapportent la rose d'émeraude. Et Brise du Matin a risqué sa vie pour les sauver !

10

Dans les terres sauvages

Brusquement, la nacelle rétrécit. Les deux enfants ébahis s'asseyent et regardent autour d'eux.

– On a retrouvé notre taille normale, constate Léa. Tu as l'émeraude ?

Le garçon vérifie :

– Je l'ai !

– C'était amusant d'être si petits, tu ne trouves pas ?

– Oui, c'était drôle, jusqu'au moment où on a failli être tués par des serpents géants supervenimeux !

La fillette se penche afin de tapoter le cou de l'éléphante :

– Sans toi, ma belle, ils nous auraient avalés tout crus ! Merci !

Brise du Matin lance un barrissement semblable à un joyeux coup de trompette et continue de trotter à travers la forêt desséchée.

– Je me demande où elle nous emmène…, s'interroge le garçon.

Enfin, la grosse bête ralentit. Elle lève sa trompe, renifle autour d'elle. Puis elle s'arrête près d'épais buissons et émet un doux grondement.

Aussitôt, les branches craquent, les feuilles frémissent.

– Ooooooooooh ! lâche Léa.

Un éléphanteau sort des broussailles en secouant sa mignonne tête.

Brise du Matin s'agenouille et le caresse de sa trompe.

– Voilà pourquoi elle s'est échappée ! s'exclame la fillette. Quand on l'a capturée, elle a été séparée de son bébé. Elle était prête à tout pour le retrouver.

Léa enjambe le rebord de la nacelle et se laisse glisser le long du flanc de l'éléphante. Tom suit le même chemin. Sa sœur flatte la croupe de Brise du Matin :

– Maintenant que tu es avec ton petit, tu vas rester ici, hein ?

Le garçon, à son tour, passe la main sur l'épaisse peau ridée. Il s'en dégage une chaude odeur d'herbe et de sève. L'éléphante balance doucement sa trompe.

– Tu n'as plus besoin de tous ces trucs, déclare Léa.

Elle dégrafe les harnais, débarrasse le front et le cou de la bête des franges et des clochettes. Tom ôte celles qui ornent ses pattes. Les enfants jettent tout par terre.

– Ça aussi, on va t'en libérer ! ajoute Léa.

Ils défont les lanières de cuir qui retiennent le palanquin et renversent la nacelle d'osier sur le sol.

– Tu te sens plus légère maintenant, hein ma belle ? lance Tom.

Brise du Matin agite joyeusement les oreilles. Puis elle se relève, barrit encore une fois.

– Avant que vous partiez tous les deux, on peut caresser ton bébé ? demande Léa.

La grosse bête balance sa trompe, et la fillette décide qu'elle a dit oui !

– Elle veut bien ! Viens le caresser !

Le garçon passe la main sur la tête de l'éléphanteau. Elle est recouverte d'une sorte de duvet raide qui lui chatouille la paume.

Léa s'adresse à l'éléphante :

– Bon retour chez toi, dans les territoires sauvages ! Nous aussi, on va rentrer chez nous, maintenant.

– Merci, Brise du Matin, ajoute Tom. Et bonne chance !

– On ne t'oubliera pas !

L'éléphante agite une dernière fois sa trompe. Puis elle se détourne et s'éloigne, son bébé trottant près d'elle.

Bientôt, ils disparaissent tous les deux dans les broussailles.

Tom et Léa s'examinent l'un l'autre. Ils sont sales, ils ont perdu leurs chaussures pointues, le tissu de leurs turbans pend lamentablement, leurs vêtements sont déchirés et gris de poussière.

– On ressemble à des rescapés d'un tremblement de terre, commente la petite fille. Mais Brise du Matin a retrouvé la liberté, et on a la rose d'émeraude.

– Mission accomplie !

– À présent, on n'a plus qu'à retourner à la cabane.

– Oui. Mais… par quel chemin ?

Léa pointe le doigt :

– À mon avis, le grand champ qu'on a traversé avant d'entrer dans la forêt doit être par là.

Ils se mettent en route, accompagnés par le doux bourdonnement des insectes.

Les pierres et les brindilles leur font mal aux pieds. Tom évite de justesse une fourmilière. Ils marchent longtemps entre les arbres et les buissons avant d'apercevoir enfin une vaste prairie jaune.

Les insectes zonzonnent plus fort que jamais ; les herbes sèches bruissent dans le vent chaud.

– Nous y voilà, dit Tom. Donc, après le champ, on remonte le sentier. Puis on arrive à la ruelle, on passe par le marché et on suit la route qui mène au fort.

– Facile !

– Oui, si on n'est pas dévorés par les bestioles ou assommés par les marchands furieux !

– Allez, ne fais pas ta poule mouillée ! Ils ne nous reconnaîtront pas, et les petites bêtes ne mangent pas les grosses ! Courons !

Ils s'élancent dans le champ, les pans de leurs vestes de soie battant derrière eux.

Tom sent des sauterelles rebondir sur ses jambes. Ils atteignent enfin le sentier et les maisons du hameau.

– On y est ! se réjouit Léa.

Le garçon est en sueur ; la tête lui tourne un peu.

– Ouf ! fait-il. On…

Sa sœur lui coupe la parole :

– Regarde… !

Un garde impérial, dans une voiture tirée par des chevaux, parle avec un homme du village. C'est le garde qui les a escortés jusqu'à la terrasse du Grand Moghol !

Le paysan désigne les enfants du doigt. Le garde se retourne.

– Oh non ! lâche Tom. Il doit être à notre recherche. Cachons-nous !

Trop tard ! L'homme les a vus. Sautant de son véhicule, il marche à grands pas en direction du champ.

– Arrêtez-vous immédiatement, ambassadeurs de Belleville ! crie-t-il.

Les enfants retiennent leur souffle, figés sur place.

– Où est l'éléphant ? demande le garde en s'approchant.

– On… on ne sait pas trop… il… il nous a jetés par terre, balbutie Léa.

– Oui, et ensuite… il s'est sauvé par là ! continue Tom.

Il tend la main vers la droite, tandis que sa sœur pointe vers la gauche !

Mais le garde n'y prête pas attention. Pas plus qu'il n'a l'air de remarquer les pieds nus et les habits déchirés des jeunes ambassadeurs.

Il leur ordonne seulement d'une voix autoritaire :

– Venez avec moi !

– Pour… pourquoi ? bégaie le garçon.

L'homme pose la main sur le pommeau de son épée :

– Parce que, sinon, vous passerez le reste de votre vie en prison !

11

Cœur à cœur

Tom et Léa suivent le garde sans rien dire et grimpent dans la voiture. L'homme secoue les rênes, et les deux chevaux noirs prennent le trot.

Léa chuchote :

– Je me demande où il nous emmène.

Tom ne répond pas. Il a très peur que le Grand Moghol ait changé d'avis et décidé de les punir.

Le véhicule traverse le hameau. Des femmes cuisinent en plein air, des jeunes gens chargent du foin dans des charrettes.

Les moutons, les chèvres et les poules s'enfuient en bêlant et en caquetant.

Bientôt, les sabots des chevaux claquent sur la chaussée pavée. La voiture traverse le marché sans encombre. Il ne reste plus trace de la pagaille créée par le passage de Brise du Matin. Les soieries ont été raccrochées aux étals, les tapis roulés. Oranges, citrons et pamplemousses ont retrouvé leurs paniers. Les piquets de tentes ont été redressés, et les marchands barbus sont retournés à leur commerce.

Les chevaux trottent vers le Fort Rouge. Tom s'attend à ce qu'ils franchissent de nouveau les douves. Mais la voiture continue le long de la rivière.

Le soleil est déjà bas dans le ciel quand ils arrivent sur une place. L'attelage s'arrête devant un lourd portail voûté.

Le garde se tourne vers ses passagers :

– Entrez et attendez un moment ici !

– D'accord, dit Léa. On vous remercie beaucoup pour la promenade.

Les enfants sautent à terre et se dirigent vers le portail.

– Où sommes-nous ? chuchote la fillette. Et pourquoi nous a-t-il amenés ici ?

– Si je le savais, je te le dirais, marmonne son frère.

Ils passent sous la haute voûte. Un canal étroit s'étend droit devant eux. Tout au bout, dans la lumière du couchant, Tom voit trembler une masse de brouillard. Puis il comprend qu'il s'agit d'un dôme d'un blanc de lait, d'une hauteur vertigineuse, qui semble flotter entre ciel et terre. Il est entouré d'une terrasse dont les quatre coins sont flanqués de tourelles élancées.

Un instant, les enfants croient rêver. Puis ils aperçoivent un homme le long du canal, qui vient vers eux.

Tom retient son souffle. Pas de doute ! C'est le Grand Moghol ! Aucun garde ne l'escorte, il est seul.

L'empereur s'arrête et regarde fixement les jeunes ambassadeurs. Il examine leurs vêtements en lambeaux, leurs visages poussiéreux, leurs pieds nus.

Tom commence à paniquer. Dans quel état ils sont ! Le terrible souverain va penser qu'ils lui manquent de respect.

– Salue ! souffle Léa à son frère.

Ensemble, ils se plient en deux, balaient le sol de leur main droite, placent leur paume sur leur crâne. Puis ils baissent le bras, se redressent et restent immobiles. Tom n'ose même pas lever les yeux.

Après un moment de silence, le Grand Moghol déclare :

– Je n'avais jamais vu d'écrits semblables, jusqu'alors. Ni vu de tels dessins.

Tom ne sait pas quoi faire.

Doit-il dire quelque chose ou pas ?

Sa sœur, elle, s'enquiert :

– Excusez-moi, Votre Altesse. Avons-nous le droit de parler ?

– Oui.

– Merci ! Eh bien, mon frère Tom a écrit l'histoire, et j'ai fait les dessins.

L'empereur hoche la tête :

– Le texte et les illustrations racontent des voyages à travers le monde dans une cabane magique. Il est question de secourir une pieuvre géante, un bébé gorille et un petit kangourou. De venir en aide à des hommes célèbres appelés Léonard de Vinci ou William Shakespeare. De sauver des enfants d'une vague tueuse ou d'un naufrage, et quantité d'autres exploits. Vous possédez une magnifique imagination !

Tom se sent terriblement embarrassé :

– Oh, pas vraiment ! Je n'ai fait que

mettre par écrit des aventures qui nous sont arrivées.

Le Grand Moghol s'adresse à Léa :

– Vos dessins sont pleins de vie et de gaieté, émouvants et riches de détails. Vous êtes un véritable artiste !

– Oh, pas vraiment ! proteste à son tour la petite fille. Je n'ai fait qu'utiliser mes stylos à paillettes. Ça brille. C'est ça qui vous a plu.

L'empereur esquisse une ombre de sourire :

– Ce que j'ai préféré, ce ne sont pas les paillettes et le brillant. J'apprécie les histoires et les illustrations qui ont une âme.

Tom ne saurait l'expli-quer, mais il comprend ce que veut dire le souverain.

– À présent, poursuit le Grand Moghol, je désire répondre à la question que vous m'avez posée ce matin. Vous m'avez demandé si j'aimais *quelque chose*. Je ne pouvais m'exprimer librement devant mes gardes et mes hôtes étrangers. Mais la réponse est oui. J'ai aimé, une fois. Non pas quelque chose, mais *quelqu'un*. Ma femme. Elle a été mon épouse, ma meilleure amie et la mère de mes nombreux enfants. À sa mort, j'ai versé un océan de larmes.

– Oooooooh ! compatit Léa.

– Vous m'avez montré votre âme, à moi de vous révéler la mienne.

Il se retourne vers le dôme scintillant :

– Voici le tombeau de marbre que j'ai fait construire pour ma bien-aimée. On l'appelle le Taj Mahal.

12

La signification de l'émeraude

Tom, Léa et le Grand Moghol gardent le silence un long moment. À mesure que le soleil descend à l'horizon, le marbre du Taj Mahal change de couleur. Il se détache sur le ciel sombre ; d'abord rose pâle, il passe à l'orange, puis au pourpre. Le dôme étincelle, comme recouvert de millions de lampes miniatures.

– Comment peut-il scintiller ainsi ? demande enfin Léa.

– Des pierres précieuses sont incrustées dans le marbre, explique le Grand Moghol.

La plupart sont taillées en forme de feuilles et de fleurs, comme la rose d'émeraude que vous avez choisie.

– C'est magnifique ! déclare Tom avec conviction.

– Oui. Beaucoup disent que c'est le plus beau monument du monde. Mais, sous l'éclat et la splendeur repose simplement le cœur d'un être qui en a aimé un autre.

Des larmes brillent dans les yeux de l'empereur. Il détourne le regard et s'éclaircit la gorge :

– L'éléphant dont je vous ai fait cadeau, où est-il maintenant ?

– Eh bien…, commence Tom, il est… euh…

Il ne sait pas quoi inventer pour protéger Brise du Matin.

C'est Léa qui termine :

– On l'a laissé dans la forêt. Vous ne le saviez sans doute pas, mais Brise du Matin était une jeune maman, quand elle a été capturée. C'est une bonne mère ; elle voulait retrouver son petit.

Le Grand Moghol hoche la tête :

– Je comprends. Ma femme était une bonne mère, elle aussi. Les derniers mots qu'elle m'a dits étaient : « Prends soin de nos enfants. » Soyez sans crainte, cette éléphante restera en liberté avec son petit.

– Merci beaucoup, dit Léa.

Le souverain reste un moment silencieux. Quand il reprend la parole, c'est d'une voix pleine de bonté :

– Vous êtes des ambassadeurs venus de loin. Cependant, vous êtes encore des enfants. Vous devriez rentrer chez vous, à présent, chez ceux qui prennent soin de vous.

Tom s'efforce de prendre un ton digne d'un ambassadeur :

– C'est ce que nous allons faire, Votre Altesse.

– Venez, je vous raccompagne.

Le Grand Moghol les reconduit jusqu'au portail. Il fait signe au garde, qui attend dans le véhicule. Puis il s'adresse à Tom et à Léa :

– Adieu ! Que votre voyage soit paisible !

– Allez Léa, il faut saluer ! souffle le garçon à sa sœur.

Une dernière fois, les deux enfants s'inclinent selon la règle.

– Oh, reprend Léa, merci pour la rose d'émeraude ! C'est un trésor sans prix !

– La rose était la fleur préférée de mon épouse, dit le Grand Moghol. Et, comme vous le savez, l'émeraude est le symbole de l'amour.

Pour la première fois, son visage s'éclaire. Tom et Léa lui rendent son sourire.

Mais l'empereur reprend aussitôt son air grave, comme si sourire lui était interdit. Il observe un moment les enfants. Puis, sans un mot de plus, il fait volte-face et repart vers le tombeau étincelant où repose sa bien-aimée.

Tom le regarde s'éloigner, solitaire. Enfin, il dit à voix basse :

– Rentrons chez nous !

Les enfants s'avancent jusqu'à la voiture.

– S'il vous plaît, ramenez-nous près des arbres, le long des remparts du fort, demande le garçon.

Le garde fait claquer les rênes ; les chevaux s'ébranlent. Ils trottent le long de la rivière, rosie par le soleil couchant. Les voyageurs croisent des femmes aux visages voilés, des charrettes tirées par des bœufs blancs, de jeunes garçons menant des moutons.

Bientôt, le véhicule s'arrête devant une rangée d'arbres, à l'extérieur du Fort Rouge.

– Merci, dit Tom. On va descendre ici.

Le garde acquiesce en silence. Aussitôt que les deux jeunes ambassadeurs ont sauté à terre, il repart.

Tom et Léa courent jusqu'à l'échelle de corde ; ils grimpent dans la cabane. Le garçon ramasse le livre sur le bois de Belleville. Avant de prononcer la phrase rituelle, sa sœur et lui vont regarder une dernière fois par la fenêtre.

Ils aperçoivent au loin le dôme du Taj Mahal, qui luit encore faiblement dans l'air chaud de la nuit, tel un nuage miroitant.

– Attends ! s'exclame soudain Tom. Je viens de me rappeler quelque chose…

Il fouille dans son sac, en sort la page de Kathleen et lit à haute voix :

Pour un sort retourner,
Il vous faut quatre choses.
D'abord une émeraude
Ayant forme de rose
Révélant le secret
D'un cœur esseulé.

– Notre mission vient seulement de s'achever, commente-t-il. On pensait tellement à la rose d'émeraude qu'on a oublié la dernière partie de la formule : découvrir le secret d'un cœur esseulé.

– Celui du Grand Moghol ! s'exclame Léa. Même s'il règne sur des millions de sujets, il est toujours seul.

Elle se tourne vers le Taj Mahal.

– Au revoir, Grand Moghol, murmure-t-elle. J'espère que votre cœur se consolera un jour !

Tom respire profondément ; il pose le doigt sur la couverture du livre et déclare :

– Nous souhaitons être ramenés ici !

Le vent se met à souffler, la cabane à tourner.

Elle tourne plus vite, de plus en plus vite.

Puis tout s'arrête, tout se tait.

Tom et Léa ont retrouvé leurs vêtements de tous les jours ; la besace est redevenue un sac à dos. Un vent tiède agite les branches des arbres.

– Ouf ! lâche le garçon. J'en avais assez de cette chaleur.

– Moi aussi. Tu n'as pas perdu l'émeraude, j'espère ?

Tom ouvre son sac :

– Non, elle est bien là.

Il dépose dans un coin de la cabane le papier de Kathleen, l'ouvrage sur l'Inde et la petite fiole de potion bleue.

Il tient un instant sur sa paume la pierre étincelante :

– Cette émeraude est pour toi, Pirlouit ! On va la garder chez nous jusqu'à ce que Kathleen et Teddy reviennent.

Il range le joyau dans son sac puis descend avec sa sœur par l'échelle de corde.

Tandis qu'ils marchent sur le sentier pour retourner chez eux, Léa est bizarrement silencieuse.

– À quoi tu penses ? l'interroge son frère.

– J'aime l'idée que l'émeraude soit la pierre de l'amour. Tout ce qui nous est arrivé d'important, aujourd'hui, c'était à cause de l'amour.

– Comment ça ? s'étonne Tom.

Lui, il trouve que cette journée était plutôt sous le signe de la folie !

– Eh bien, explique Léa, on est partis en mission parce que Merlin – et tout le monde à Camelot – aime Pirlouit.

153

– C'est vrai.

– Le Grand Moghol nous a offert Brise du Matin parce que je l'aimais.

– C'est vrai.

– Brise du Matin nous a emmenés dans les terres sauvages par amour pour son bébé.

– C'est vrai.

– On a eu des problèmes avec les cobras, car eux aussi, ils aiment leurs petits.

– Hmmm, oui, à leur manière…

– Finalement, le Grand Moghol nous a montré le Taj Mahal, le plus extraordinaire monument qu'on ait jamais vu, qu'il a fait bâtir par amour pour sa femme.

Tom approuve de la tête. Dites ainsi les choses lui paraissent à présent tout à fait claires.

– Maintenant, conclut la fillette, ce que j'aimerais, c'est rentrer chez nous.

– Moi aussi !

– On annoncera à papa et à maman que tu as eu une très bonne note pour ta rédaction. Tu n'auras qu'à la réimprimer.

– Oui. Et j'ai photocopié tes dessins. Mais on ne voit pas les paillettes.

Léa hausse les épaules :

– Tant pis pour les paillettes !

– Tu as raison ; c'est l'âme des dessins qui compte.

Et tous deux courent vers leur maison, sous le clair ciel de mai.

Fin

Si tu as envie de nous donner
tes impressions sur la série
ou de nous parler de tes propres voyages
réels ou imaginaires,
n'hésite pas à nous écrire !

Bayard Éditions
Série Cabane Magique
18, rue Barbès
92128 Montrouge Cedex

N'oublie pas d'écrire
ton nom et ton adresse sur la lettre !

La Cabane Magique

La vallée des dinosaures
Mary Pope Osborne

Le mystérieux chevalier
Mary Pope Osborne

Le secret de la pyramide
Mary Pope Osborne

Le trésor des pirates
Mary Pope Osborne

Sur le fleuve Amazone
Mary Pope Osborne

Le sorcier de la préhistoire
Mary Pope Osborne

Le voyage sur la Lune
Mary Pope Osborne

Panique à Pompéi
Mary Pope Osborne

Le terrible empereur de Chine
Mary Pope Osborne

L'attaque des Vikings
Mary Pope Osborne

Course de chars à Olympie
Mary Pope Osborne

Sauvés par les dauphins
Mary Pope Osborne

Les chevaux de la ville fantôme
Mary Pope Osborne

Dans la gueule des lions
Mary Pope Osborne

Danger sur la banquise
Mary Pope Osborne

Les dernières heures du Titanic
Mary Pope Osborne

Sur la piste des Indiens
Mary Pope Osborne

Pièges dans la jungle
Mary Pope Osborne

Au secours des kangourous
Mary Pope Osborne

Sur scène !
Mary Pope Osborne